C. de Mupor 1764 6.

MANLIVS
TORQVATVS

TRAGEDIE.

A PARIS,

Chez l'Autheur, dans la Cour du Palais, à
l'Enseigne de la Couronne, chez vn
Orlogier.

Imprimez, chez PIERRE DV PONT, ruë
d'Escosse, proche Saint Hilaire.

M. DC. XLII. (1662.)

AVEC PERMISSION.

ACTERVS.

LE CONSVL.

MANLIVS *Fils du Consul, & Amant de Sulpicie.*

LIVIE, *Dame Romaine, Tante de Sulpicie, & amoureuse de Procule.*

SVLPICIE *qui aime Manlius, & en est aimée.*

SABINE *vraye confidente de Sulpicie, & fausse confidente de Liuie, & de Procule.*

PROCVLE *Amant de Sulpicie & aimé de Liuie.*

ARISTE *vray confident de Manlius, & faux confident du Consul.*

AGIS *valet de Procule.*

LE PREVOST.

VN PAGE.

La Scene est à Rome.

MANLIVS TORQVATVS
TRAGEDIE.

ACTE I.
SCENE PREMIERE

SVLPICIE, SABINE,
SVLPICIE.

Abine ie ne puis diſſimuler la flame
Que ie ſens chaque iour s'allumer
   dans mon ame
Manlius dont le cœur a ſi fort eſclaté
Fait que de cent façons le mien eſt
   agité
Le trouble eſt dans mes ſens, & la raiſon me quitte
Depuis que i'ay connu ſa gloire, & ſon merite
Mon ame eſt abbatuë, & n'a plus de vigueur
Pour reſiſter aux coups de ce ieune vainqueur
De mon eſprit troublé la raiſon confonduë
Eſt l'effet de ſa gloire en tous lieux répanduë
Ma volonté ſoumiſe eſt l'honneur le plus grand
Que reçoiue auiourd'huy ce ieune conquerant;

Quand ie fonge combien dans la derniere guerre
Ce genereux Heros a mis d'hommes par terre.
Comme fon bras vainqueur s'eſt porté vaillamment
Ie fens ie ne fçay quoy de doux & de charmant
Ie trouue du plaifir dans ma plus grande peine
Le voyant fi bien né pour la grandeur Romaine.

Sabine.

Madame c'eſt pour moy vn peu trop de faueur
Quand vous me faites voir le fond de voſtre cœur,
Ses nobles fentimens marquent fon origine
Si le brafier eſt grand la flame en eſt diuine
Manlius eſt connu pour l'honneur de la Cour
Des vns il a l'eſtime, & des autres l'amour
Mais chacun eſt d'accord de fa vertu qui brille
Dans la fuperbe Rome il n'eſt point de famille,
Qui ne prenne des foins pour en auoir l'appuy
Ainfi c'eſt iuſtement que vous bruflés pour luy.

Sulpicie.

Mais Sabine ie crains qu'il ne foit fort le maiſtre
De ce feu violent qu'il fait fi bien paraiſtre
Ie crains que fon difcours foit vn appas flatteur
Et que fa foy ne foit la foy d'vn impoſteur.

Sabine.

Madame vous l'aimez, & vous eſtes en crainte,
Que tant de paſſion ne foit rien qu'vne fainte
Ie vous puis affurer qu'il aime plus que vous;
Mais l'amour a touſiours des fentimens jalous
Examinez vn peu vos ardeurs mutuelles
Vous verrés bien qu'il a des fentimens fidelles
Et que fi vous aimés il aime encore mieux.

Sulpicie.

Si la chofe eſt ainfi ie rends graces aux Dieux,
Sabine i'ay beaucoup de foy pour ta parole
A t'ouyr feulement mon efprit fe confole

Et ie penſe trouuer dans ta fidelité
D'vne parfaite amour toute la ſureté.

Sulpicie s'en va

Sabine. ſeule

Le chagrin des Amans donne bien de la peine

Manlius entre auec *Ariſte*

SCENE II.

Sabine , Manlius , Ariſte ,

Manlius parlant à *Ariſte.*

ARiſte quoy touſiours la fortune inhumaine
Me viendra propoſer vn obſtacle nouueau
Qui me priue des yeux de cét objet ſi beau
A des nouueaux emplois mon pere me deſtine
Ah mal-heureux !

Ariſte

Seigneur voyés vous pas Sabine

Manlius.

Ie n'oſe l'aborder. Ie veux ie ne veux pas
Et ie crains de ſçauoir l'Arreſt de mon trépas,
Et bien me diras-tu quelque grande nouuelle
L'aimable Sulpicie eſt elle auſſi cruelle
Parmi tant de froideurs dy moy puis ie eſperer ?

Sabine.

Oüy, Mais il faut Seigneur touſiours perſeuerer
On ne peut vous donner d'auis plus ſalutaire
Ie croy que vous pouués trouuer l'art de luy plaire
Si vous eſtabliſſez voſtre felicité
A ſuiure ſes deſtins & ſeruir ſa beauté
Son air froid, ſa façon, dont voſtre ame eſt troublée
Ne pourront ſouſtenir vne ardeur redoublée
Les cœurs comme le ſien qui ſont nez glorieux
Ne ſe rendent iamais qu'aux ſoins laborieux

A iij

Les peines, les trauaux, les vertus militaires
Dans ces occasions sont tousiours necessaires
Et vous sçauez Seigneur qu'aux projets importans
Vous autres grands Heros auez besoin du temps.

Manlius.

Si comme tu le dis elle m'est fauorable
A quoy te suis ie bon, de quoy suis ie capable
Employe mon credit propose librement
Tout ce qui peut seruir à ton auancement.

Sabine.

Seigneur c'est trop pour moy, ie n'ay dans cét affaire
De bien à souhaitter que celuy de vous plaire
Le but de mes desseins & de mes grands projets
C'est de vos deux maisons vnir les interests
De Sulpicie & vous si ie fais l'alliance
Ce succez glorieux sera ma recompence

Manlius.

Dis-moy, vis tu iamais de si beaux sentimens
Ie sens que mon amour a des redoublemens
Ie sens dans mon amour vne chaleur nouuelle
Voyant de ces deux cœurs vne amitié si belle
Le cœur de Sulpicie ainsi bien assorty
Sans se tromper iamais a pris le bon party
L'Esclat de sa vertu l'a charmé cher Ariste
Et sur ce fondement leur amitié subsiste.

Sabine.

Cet excés obligeant de vos ciuilités
Ne se peut imputer qu'à vos grandes bontez
Ie vous quitte Seigneur craignant que Sulpicie
De mon retardement iustement ne s'ennuye.

Sab ne sort

Manlius,

En faueur de mes feux va luy faire la Cour
A present cher amy ne parlons plus d'amour

Mais dy moy franchement qu'est ce qu'il s'imagine
Le Conful de l'employ auquel il me destine,
Me faire propofer de quitter fa maison
D'affembler nos quartiers, & dans cette faison,
Où tout eft contre nous, où le froid fait la guerre
A tous les animaux ; aux cieux & à la terre,
Me faire propofer d'ofter mal à-propos
Aux foldats harraffez leur folde & leur repos,
Bien que fes legions foient fortes & foient bonnes
Pourront-elles iamais me gagner des couronnes,
Auront-elles creance à mes commandemens
Si d'abord elles font de pareils mouuemens :
Ah ! le Conful m'en veut puifqu'il me décredite,
Si ie pars, ie me pers, fi ie refte, il s'irrite.

Arifte.

Il feroit mal-aifé de fçauoir fon deffein,
Il voudroit vous tirer tous vos feux hors du fein :
Cét amour luy déplaift, fon humeur fe chagrine
De l'aimable plaifir où voftre cœur encline,
Il veut adroitement détruire vos amours,
Il croit pour fon deffein tirer vn grand fecours,
Des autres paffions qu'il veut mettre en vfage,
Il penfe en chatoüillant vn peu voftre courage,
Que vous ferez tout preft à partir dans huiꝗt iours,
Sans attendre à meurir le fruit de vos amours :
Voilà comme à peu prés le bon homme raifonne
Dans ce libre difcours fi mon cœur s'abandonne,
Et fans precaution s'ouure fi librement,
Vous en fçaurez, Seigneur, vfer difcrettement :
Cependant tout cécy n'eft qu'vne coniecture
Que tire mon efprit de cette nuiꝗt obfcure :
Parlant de voftre amour, il me dit feulement
Qu'il en viendroit à bout, & fort adroitement,

Que les vieux comme luy sçauoient vne finesse,
Dont fort mal-aisément se paroit la ieunesse,
Au moins de mes auis taschez à profiter ;
Connoissant son dessein vous pourrez l'éuiter.

Manlius.

Ie te puis asseurer, quoy qu'il die & qu'il face
Que s'il faut obeïr ce sera par grimace ;
Mais ie le vois venir qui marche grauement,
Approche toy de luy, apprens tout finemeut.

SCENE III.

Le Consul, Ariste,

Le Consul.

AS-tu dit à mon fils quelle estoit ma pensée
Combien me déplaisoit cette ardeur insensée,
Qui fait ainsi languir son courage naissant
Dans mon ieune printemps i'estois plus agissant :
Il deuroit pour le bien de cette Republique
Changer de nos voisins la forme tyrannique,
Porter dans leurs Estats la douceur de nos loix,
Et ramener vaincus dedans Rome leurs Roys :
Son ame à nul obiect ne doit estre engagée
Qu'à voir nos ennemis en bataille rangée,
Qu'à donner à propos les ordres du combat
Et bien recompenser la vertu du Soldat ;
Qu'à marcher dans les rangs d'vne si bonne grace,
Que son feu des poltrons fonde toute la glace ;
Vn Chef doit froidement voir perir ses amis
Sans se troubler iamais du choc des ennemis ;
Que si du premier rang la ligne estoit battuë,
Au lieu de s'attrister il faut qu'il s'éuertuë,
Qu'il rassemble les corps nouuellement défaits
Et remene au combat les autres qui sont frais :

De

De cette façon-là gouuernant son courage,
Il peut tirer l'espée auec grand auantage,
Pour donner à l'armée vn General parfait,
Il faut vn cœur bien franc, & vn esprit bien fait.

Ariste.

Il sçaura mot pour mot, tout ce que vous me dites,
Vos discours appuyez d'exemple & de merites,
Obligeront, Seigneur, cet enfant si bien né,
D'obeir aux aduis que vous aués donné.

Le Consul.

Ariste, mais sur tout, qu'il apprenne à bien viure,
Qu'il ne s'engage pas presentement à suiure
Les charmes dangereux d'vne funeste amour
Apres cela, grands Dieux, ie mesprise le iour,
Ie connois les mal-heurs dans vn âge si tendre,
D'vn cœur imprudemment, qui s'y laisse surprendre:
L'auersion que i'ay pour ces folles amours,
L'obligera sans doute, à partir dans huit iours.

Ariste.

Il est tout prest aussi.

Le Consul.

　　　　l'ay beaucoup d'allegresse,
Qu'il soit prest d'obeir lors que le Senat presse,
Puis qu'il est si porté, à vouloir nostre bien,
Ie voy qu'il est bon fils, & fort bon citoyen:
Comme ce fils m'est cher, & que ie suis seuere,
Ie crains de mon humeur, qu'il ne se desespere,
Toy qui sur son esprit, te sens tant d'ascendant,
Sois de luy & de moy, fidelle confident,
Rend à mes volontés son ame disposée,
Et puis ie luy diray moy mesme ma pensée.

Ariste.

Dedans peu de mes soins vous connoistrés l'effet.

Le Consul.

Adieu Ariste, adieu; ie part fort satisfait.　　B

Ariste seul.

STANCES.

Si ie gouuerne ses affaires
Dont les interests sont contraires,
Ie suis honneste-homme à demy;
Ie ne puis bien seruir le pere
Que le fils ne se desespere,
Et qu'il ne soit mon ennemy.

A moy chacun des deux se fie
Seruant l'amant de Sulpicie,
Ie croy que ie fais mon deuoir;
D'vn autre costé si ie trompe
Ce Consul graue & plein de pompe
Ie le mets dans le desespoir.

Dans ce trouble qui m'embarrasse,
Honneur que faut-il que ie fasse?
Ie sens qu'il m'inspire tout bas;
Que cette façon Consulaire
N'est rien du tout qu'vne chimere
Que le monde n'approuue pas.

L'amitié que i'ay pour Manlie,
L'amour qu'il a pour Sulpicie
Font que mon cœur panche vers luy;
Trouuons donc seurement la voye
Qui fasse mourir l'vn de ioye
Si l'autre doit mourir d'ennuy.

SCENE IV.

Arifte, Liuie, Sulpicie, Sabine,
Liuie.

A Rifte vous auez de la part de Manlie
Quelque billet galant pour noftre Sulpicie,
Apprenez s'il vous plaift que ie fuis en couroux
Contr'elle, contre luy ; mais bien plus contre vous,
Vous eftes eftimé d'auoir beaucoup d'adreffe
A feruir comme il faut l'Amant & la Maiftreffe,
O bien pour cette fois vous aurez le mal-heur
De n'auoir pas efté fort bon Ambaffadeur.

Arifte.

Ie ne fçay ce qui peut caufer voftre colere,
Madame, quant à moy ie ne veux que vous plaire ;
Ie ne cherche en tous lieux

Liuie.

Moy qu'à voir vos talons,
Et ie n'écoute plus vos mefchantes raifons.

Arifte s'en va.

Liuie continuë & parle à Sulpicie.
Voftre conduite eft bien oppofée à la gloire
De Manlius & vous il fe fait vne hiftoire,
Qui vous deuroit fafcher fi l'amour fuborneur
Ne vous auoit ofté les fentimens d'honneur,
Quand Manlius feroit encor plus honnefte homme
Ie voudrois le quitter m'ayant perduë à Rome,
Le bruit qui court de vous choque voftre deuoir,
Et met tous vos amis dedans le defefpoir :
Il vous a fait grand tort celles qui de juftice
Vous : ont cedé le pas abufant du caprice,
De ce fafcheux rencontre auront tous les partis
Qui deuroient auec vous eftre mieux affortis,

Pour mon dernier mal-heur l'on me donne le blâme,
Et l'on croit que ie suis cause de vostre flame.

Sulpicie.

Madame, ie ne puis vous dire ma douleur,
Faut-il qu'aussi sur vous i'attire ce mal-heur;
Ie me consolerois si toute la tempeste
Vouloit se contenter de mon vnique teste;
Mais que Rome ait l'esprit à ce point médisant,
Dans ce rencontre icy rien n'est si déplaisant
A ma iuste douleur que son iniuste blâme
Cependant ô grands Dieux auiourd'huy ie reclame,
Vos yeux tousiours ouuerts, vos bras tousiours puis-
Si tous mes procedez ne sont pas innocens :   (sans
Ie ne voy pas dequoy Manlius est coupable
Sinon que sa vertu le rend par trop aimable,
Ny pourquoy ma conduite est digne de pitié
Que parce que l'on croit qu'il a de l'amitié,
Si c'est pour moy, ie sçay qu'il n'est point d'ennemie
Qui me puisse blâmer sans l'esprit de l'enuie,
Qui ne pouuant souffrir que ie viue en repos
Veut encor obscurcir la vertu d'vn Heros :
I'espere que le temps qui change toutes choses
Vn iour fera pour moy bien des metamorphoses,
Ie fonde mon espoir dessus la verité
Qui garde à la vertu tousiours fidelité :
Et mon cœur iouïra de la paix par auance
Attendant que chacun sçache son innocence.

Linie.

Si Manlius en vous trouue de la bonté,
Il trouuera dans moy grande seuerité :
Et si vous maintenez l'autheur de vostre perte
Ie luy veux declarer la guerre à force ouuerte,
Ie pretends le fascher en tous temps, en tous lieux;
Et rendre le seiour qu'il fait bien odieux.

Sulpicie.

Madame, il vous paroiſt vne fureur extreme,
Si vous ne la fondez que ſur ce que ie l'aime,
Vous pouuez ſur le champ moderer vos tranſports
Ie ſuis dans le reſpect & iamais ie n'en ſors,
Ie dois trop à vos ſoins, & voſtre inquietude
Pour n'auoir pas pour vous toute la gratitude,
Loin de vous attirer de pareils déplaiſirs
Ie courray au deuant de vos moindres deſirs.

Liuie.

Ie voy le naturel d'vne fille bien née
Ie doutois que voſtre ame au point fuſt enchainée,
Qu'elle ne pût briſer la honte de ſes fers
Puiſque de voſtre eſprit tous les yeux ſont ouuerts:
Ie ſeray pour iamais voſtre meilleure amie
Laiſſez moy cependant ma chere Sulpicie,
Ie dois auec Sabine icy communiquer;

Sulpicie.

Madame i'obeïs, *elle s'en va.*

Liuie, Sabine.

Liuie.

Et ſans me repliquer,
Tout va bien à preſent, il eſt temps de conduire
Tous mes deſſeins cachez iuſqu'où mon cœur aſpire:
C'eſt icy que ie puis parler bien librement,
Sabine ie ſçay bien que ie puis ſeurement
Raiſonner auec toy des ſecrets de mon ame
Et te montrer à fonds le ſujet qui l'enflamme:
l'aime Sabine, i'aime, & Procule auiourd'huy
Eſt l'amant dangereux qui cauſe mon ennuy;
Mais dedans mon ardeur i'ay eſté ſi diſcrette
Qu'il n'a rien découuert de ma flamme ſecrette,
Comme il eſt bien faſcheux de viure inceſſamment
Et de ne voir iamais la fin de ſon tourment:

B iij

Ie veux vſer icy de grande politique,
Et pour t'en éclaircir il faut que ie l'explique :
Ie tiens entre mes mains cét obiet ſi charmant
Qui plaiſt à Manlius dont Procule eſt amant,
Quand ce dernier chez moy luy vient conter ſa peine,
Ie me plais à le voir ; mais ie ſens de la haine
Pour la ieune beauté qui le tient ſous ſa loy
I'enrage que ſon cœur ne ſoûpire pour moy,
Cependant la raiſon qui veut qu'on le ménage
Veut qu'auec ma riuale à preſent ie l'engage :
Et pour ce ſujet là i'employe mes efforts
D'elle & de Manlius à rompre les accords ;
Car tu ſçais bien qu'il eſt de grande conſequence
Que Procule n'ait plus vn riual d'importance,
Si ie puis vne fois diuiſer leurs eſprits
Procule qui deſia ſe ſent aſſez épris
Donnera tout ſon temps à noſtre Sulpicie,
Peut-eſtre que pour lors il prendra fantaiſie
Pour ce reſte d'appas qui ſemble s'enuoler
S'il me fait voir ſon cœur ie pourray le voler,
D'ailleurs i'ay de grãds biens, cette grande abõdance
Le peut bien obliger à quelque complaiſance,
Ma pupille ne peut auec tous ſes attraits
Sans l'eſpoir de mes biens ſe marier iamais.

Sabine.

Madame ie voy bien quel eſt tout ce myſtere
Laiſſez-moy s'il vous plaiſt conduire cette affaire,
Allez vous repoſer, *Liuie s'en va.*

SCENE VI.

Sabine, Agis,

Sabine.

IE voy me femle Agis,
Qui d'vn pas urieux cherche noftre logis,
Bon iour Agis, h bien;

Agis.

I'allois en promenade.

Sabine.

Pourquoy ?

Agis.

Pour mon plaifir.

Sabine.

Tout beat mon camarade,
Depuis quel temps fçais ti fi bien diffimuler.

Agis.

Puifque vous me preffez ie ne vous puis celer ;
Que mon maiftre m'a dit de fçauoir fi Manlie,
Eftoit bien fortement aimé de Sulpicie :
Et que fi les froideurs qu'il voit dans fon efprit,
Sont caufez par l'amour, ou bien par le dépit.

Sabine.

Puifque ton cœur pour moy, eft fi plein de franchife,
Il faut bien qu'à mon tour, cher amy ie t'inftruife,
Sulpicie voudroit Procule pour Amant;
Mais elle n'oferoit parler bien librement :
Pour que Procule foit aimé de Sulpicie,
Faut qu'il faffe femblant d'en vouloir à Liuie,
Il faut qu'apparemment, il luy faffe l'amour,
Et puis tu le verras bien heureux quelque iour,
Tafche de ces auis à faire ta fortune,
L'occafion du moins paroit bien opportune;

Ne pert aucun moment va viste l'avrtir,
Moy ie m'en vais auſſi, ie te laiſſe ptir.

SCENE VI.

Sulpicie , Sabine

Sulpicie.

SAbine puiſqu'icy librement ie eſpire,
Mon eſprit me fournit cent choſes pour te dire,
Confeſſe en verité que rien n'eſt ſiplaiſant,
Que Liuie en colere & ſon ton maiaçant
Ie n'ay pas le talent de lire dans ſon ame :
Mais ie gage de l'air qu'ella daubé ma flame,
Que dans tout ce diſcours elle a quelque intereſt.

Sabine.

I'en conuiens vous ſçaurez la choſe comme elle eſt.

Sulpice.

Me vouloir empeſcher de parler à Manlie.
Son deſſein n'eſt il pas tout empli de folie?
Ie ne crois point choquer les loix de mon deuoir,
Si ie cherche en tous temps, en tous lieux à le voir,
Quand vn illuſtre cœur du mien veut l'hymenée,
Et que c'eſt par le Ciel, que la choſe eſt menée ;
On peut bien meſpriſer les ordres des Parens,
Quand ils ſont en effet veritables tyrans.

Sabine.

Vous auez bien raiſon quand vous croyez Liuie
Capable d'vn projet qui choque voſtre vie,
Elle a dedans le cœur vn plaiſant ſentiment,
Elle en veut à Procule & l'aime eſperduëment
Comme il faut du fracas pourque la choſe arriue,
Et des ſoins furieux pour cét amour furtiue ;
Tout eſt entre mes mains & ie dois meſnager
Les ardeurs de la Dame, & le froid du berger ;

Et

Et comme i'ay trouué vn moment fort propice,
Pour vous continuer mon eternel seruice ;
I'ay abusé Liuie, & puis apres Agis,
Qui venoit espier dedans nostre logis,
Et Liuie & Procule abusez par ma fainte,
Vous donneront le temps de parler sans contrainte.

Sulpicie.

De grace en peu de mots fais moy vn racourcy.
De tout ce qui te reste à raconter icy.

Sabine.

Comme Agis me pressoit de sçauoir si Procule
Estoit aimé de vous, ou trouué ridicule,
Sans trop m'embarrasser ie luy dis sur le champ,
Que le temps pour son maistre estoit assez meschant
Par ce que Sulpicie en faisoit cas dans l'ame ;
Mais qu'elle n'osoit pas luy déclarer sa flame,
Et comme il me pressoit d'en sçauoir la raison
Ie luy dis que Liuie estoit dans sa maison,
De fort meschante humeur contre la pauure fille
Dont la beauté faisoit visiter la famille :   (heureux,
Mais pour que son cher maistre vn iour fust bien
Il deuoit de la tante estre faux amoureux,
Et qu'ainsi tout pourroit reüssir à merueille.

Sulpicie,

Sabine pour mon bien feint, inuente, conseille,
Ie veux à l'auenir bien ruser à mon tour ;
Mais que faire à ma Tante ?

Sabine.

Vn admirable tour,
Sçauoir si Manlius tien le mesme langage,
Et s'il veut pour l'hymen se trouuer au boccage ;
Ie sçauray dedans peu s'il a le sentiment
De faire vn bon Epoux d'vn fort honneste Amant,

C

S'il le veut, il faudra, que malgré voſtre Tante,
Vous le voyez au bois ſous ombre qu'on y chante,
Et s'il ne le fait pas vous le deuez traitter;
Comme vn homme qu'il faut abſolument quitter.

Sulpicie.

I'ayme, tu le ſçais bien, & auant de ſe rendre,
Mon cœur pour ſon ſalut oſa tout entreprendre:
Mais ce ieune guerrier l'a ſi bien ſceu charmer;
Que quand il l'a ſoûmis, il s'en eſt fait aimer,
Cét aimable vainqueur en gaignant la victoire
A laiſſé au vaincu, & la ioye, & la gloire.
Eſt le joug qu'il m'impoſe au lieu d'eſtre peſant,
Eſt le bien le plus pur, que ie goute à preſent,
Oüy, mon cher Manlius, quoyque faſſe Liuie,
Ie t'aime, & t'aimeray touſiours plus que ma vie;
Mais auſſi ie pretens que ce parfait amour,
Me donnera l'hymen, ou la perte du iour.

Fin du premier Acte.

ACTE II.

SCENE PREMIERE.

Procule, Agis.

Procule.

HE L A S! faut il paſſer ſi triſtement ſa vie,
Et donner tout ſon temps pour plaire à Sulpicie,
Sans pouuoir ſeulement l'exciter à pitié,
Pour tant de ſoins rendus pas vn trait d'amitié!
O dureté de cœur qui n'a point ſa pareille,
Faut il que quand les Dieux font naître vne merveille,

La douceur, la bonté, ne ſe rencontrent pas,
Dans le nombre infiny de ces autres appas;
Que le ſort eſt cruel qui me fait ſon eſclaue;
Plus ie flatte ſon cœur, & plus ſon cœur me braue,
L'inſolente ſe plaiſt à croiſtre mes ennuis,
Plus l'ingrate me fuit & plus ie l'a pourſuis,
Sa haine & mon amour, ou bien par ſimpathie,
Ou pour ſe faire mieux vne guerre infinie,
Ne ſe quittent jamais & viennent tour à tour,
Pour eſtre de nos cœurs vn eternel vautour.

Agis.

Ce n'eſt plus la ſaiſon de tenir ce langage,
Le Ciel enuenimé va finir ſon outrage,
Vos mal-heurs ſont paſſez & le deſtin plus dous,
Va dedans peu de temps ſe declarer pour vous;
I'ay pour vos intereſts tout appris de Sabine,
Liuie eſt amoureuſe, & n'en fait pas la mine,
Elle vous aime en fin faites luy doux yeux,
L'amour de Sulpicie en ſera beaucoup mieux,
La pauure enfant ne peut que vous paroiſtre ingrate,
Craignant que le couroux de ſa Tante n'eſclate;
Mais en fin ie ſçay bien qu'elle vous aime auſſi,
Pour vn peu de contrainte on eſt hors de ſoucy,
Trompant addroitement l'amoureuſe Liuie,
Vous pourrez librement parler à Sulpicie.

Procule.

Si i'eſtois moins certain de voſtre probité,
Ie croirois que cecy ſeroit bien inuenté.

Agis.

Et bien vous parlerez à Sabine vous meſme,
Vous pourrés éprouuer ſi Liuie vous aime;
Si Sulpicie auſſi vous veut beaucoup de bien,
Vous pourrés tout ſçauoir au premier entretien.

Procule.

Ne faut pas s'estonner si mon esprit chancelle
Dés la premiere fois qu'il sçait cette nouuelle.

Agis.

Ie n'ay point veu d'amant qui n'affecte vn malheur,
Qui ne fasse vn plaisir d'vne fausse douleur ;
Et parmy ces Messieurs, la plainte est si commune,
Qu'ils ne peuuent souffrir l'état de leur fortune,
Cependant la raison veut qu'on suiue le temps ;
Quelquefois qu'on soit guay, quelquefois mécontent,
Si vous m'abandonnez tout le soin de l'intrigue,
Vous serés soulagé d'vne grande fatigue,
Dans cette obscurité i'espere voir si clair,
Qu'il sera mal aisé de faire vn pas de clair.

Procule.

I'ay pour tes sentimens beaucoup de gratitude,
Acheue de guerir ma triste inquietude,
Ie m'abandonne à toy, ie mets entre tes mains
La bonne volonté de mes nouueaux desseins.

Agis.

Pour donner vn succés heureux à vostre affaire,
Il vous faut mesnager vn moyen necessaire ;
Vous deués visiter Liuie tous les soirs,
Rendés luy finement mille petits deuoirs,
Si bien que vous voyant fort épris elle pense,
Que vostre passion vous sert de recompense,
Offrés à sa beauté vostre ieune printemps.
Affectés en vn mot vn esprit si constant,
Que la vieille amoureuse & bien preoccupée,
Ne puisse pas douter d'estre iamais trompée.

Procule.

Auec tous ces deuoirs ie ne vois pas comment
Sulpicie pourra soulager mon tourment.

Agis.

Liuie ayant l'esprit remply de voftre flame
N'ira plus fans raifon perfecuter la Dame,
Qui voyant comme elle eft caufe de tous vos foins
Vous trouuera des lieux pour parler fans témoins.

SCENE II.

Agis, Sulpicie, Sabine,

Agis.

Sabine tu m'as dit fans doute par grimace
Que mon Maiftre en fon cœur tient vne bonne plac
Il montre du doigt Sulpicie.
Ie connois voftre efprit, qui m'en voudroit donner

Sabine.

Pourriez-vous fans raifon ainfi me foupçonner,
Toute fille qui ment certes fe des-honore
Oüy Procule eft aimé ie vous le dis encore.

Agis.

Comme il aime beaucoup ie puis donc l'affeurer,
Qu'il ne s'afflige point & qu'il peut efperer.

Sabine.

Sans doute

Agis.

Ie m'en vais le trouuer tout à l'heure
Ie crains que tout d'abord ce pauure Amát ne meure.

Sabine.

Madame i'ay encor confirmé ce garçon
Que vous aimiez fon Maiftre & de bonne façon,
I'ay veu pareillement Manlius qui fe fafche
Que l'on croye fon cœur affez fourbe, affez lafche:
Pour ne vous pas tenir ce qu'il vous a promis
Il dit que voftre peur vient de vos ennemis,
Il iure tous les Dieux qu'il brufle d'vne flame
Qui ne laiffe iamais de repos à fon ame;

C iij

Qu'il n'est point de moment que l'hymen & l'amour
Ne poussent son esprit à vous faire la cour

Sulpicie.

Sabine tu me prens par ce qui m'est sensible
Quoy qu'il ne me soit pas presentement visible,
Par ce discours si franc, ie luy voy mille appas
Que tu me viens montrer & que tu ne vois pas :
Il est dedans l'amour vne delicatesse
Qui fait l'extreme ioye & l'extreme tristesse ;
Mais peu sçauent gouster les mouuemens diuers ;
Car il est peu de cœurs qui ne soient de trauers.

Sabine.

Vostre Tante par moy sera tousiours deceuë
Ie veux malgré ses soins faire vostre entreueuë ;
Mais la voicy qui vient, & Procule la suit :
De ce que i'ay semé voilà desia le fruit.

SCENE III.

Liuie, Procule, Sulpicie, Sabine, Le Page.

Procule.

Madame ie crains fort que de cette visite
Vostre esprit contre moy iustement ne s'irrite,
Ie crains fort de troubler vos momens precieux

Liuie en parlant à Sulpicie.

Ma fille, laissez-nous vn moment en ces lieux.

Sulpicie & Sabine s'en vont.

Procule.

Ie ne pourrois iamais me consoler, Madame,
Si i'auois empesché les plaisirs de vostre ame.

Liuie.

Faut que vous me croyez de fort meschante humeur
Pour ne receuoir pas dignement cét honneur,

Bien loin de mépriser voftre aimable vifite
A m'en faire fouuent au moins ie vous inuite,
Tout ce qui vient de vous fe doit fort eftimer
Vous auez en parlant le don de nous charmer,
Moy qui connois l'effet d'vn fi puiffant langage
Ie dois apprehender vn fi grand auantage.

Procule.

Helas ! fi mon difcours auoit affez d'appas
Au lieu d'eftre eftimé pour ne déplaire pas,
Ie ferois fatisfait de l'ingrate fortune
Mais la ciuilité vous eftant fi commune,
Elle vous fait parler d'vn ton fi gracieux
Ie n'en feray plus fier ny plus audacieux.

Liuie.

Il n'y a rien en vous qui ne foit raifonnable
Vous auez l'art de plaire, & vous eftes aimable,
Quand on fe veut de vous auec foin informer
Procule, on ne peut pas ne vous point eftimer:
L'eftime qu'on en fait caufe vne douce image
Qui prend deffus nos cœurs vn fi grand auantage,
Que quand on s'apperçoit qu'elle nous fçait charmer
On s'apperçoit auffi qu'elle nous fait aimer.

Procule.

Madame, ie ne fçay fi i'oferois vous dire
Que depuis plus d'vn an mon pauure cœur foûpire.

Liuie.

Mais pour qui ? ne peut-on en fçauoir le fecret

Procule.

Madame, c'eft pour vous ie le dis à regret:
Puifque i'en ay tant dit, il faut que ie confeffe
Pour plaire ou pour fafcher ma force ou ma foibleffe;
Oüy, depuis plus d'vn an ie fuis dans le tourment
Vous auez veu toufiours vn mal-heureux Amant:

Qui n'a iamais oſé parler de ſon martyre
Ny dire en ſoûpirant pour vos yeux ie ſoûpire ;
Mais vn feu violent qu'on ne peut retenir
M'oblige malgré moy de vous entretenir,
Ah ! vous en rougiſſez comme d'vn grand outrage
Ie viens d'empoiſonner la douceur du langage,
Mon diſcours ſi charmant a perdu ſa beauté
Quand il s'eſt eſtendu deſſus la verité.

Linie.

Procule, ſe peut-il que l'on ne vous admire
D'eſtre vn an tout entier ſans oſer me rien dire ?
Sçauez-vous bien qu'vn autre en ma place craindroit
Que vous euſſiez gardé ſans peine le ſecret :
Ou vôtre ame eſt bien forte, ou vôtre amour bien léte
D'auoir tant ménagé mon humeur indulgente,
Enfin que tout cecy ſoit ou qu'il ne ſoit pas
Vous auez eu grand peur de choquer mes appas ;
Et ie ſuis obligée à voſtre grand ſilence.

Procule.

La Dame aſſeurément ne dit ce qu'elle penſe,
Apres ce que i'entends il ne faut plus douter
Qu'à tort ou à trauers il luy en faut conter :
Madame, quoy qu'enfin vous ſoyez en colere
Depuis vn an ou plus ie m'occupe à vous plaire ;
Quand voſtre eſprit ſeroit pour iamais courroucé
Ie finiray touſiours par où i'ay commencé.

Linie.

Il eſt fort à propos que ſeule icy ie ſonge
Si ce diſcours eſt vray ou ſi c'eſt vn menſonge.

Procule.

La Dame en tient ſans doute, elle eſt dans le tourment
Et conte deſſus moy comme ſur ſon Amant.

SCENE

SCENE IV.

Liuie, Sulpicie, Sabine.

Liuie.

Sabine où meniez vous vne fille si sage?

Sabine.

Madame, prendre l'air dans ce petit bocage.

Liuie.

Il est pur, il est beau, propre à se promener
Ma Sabine, ce soir ie te veux gouuerner,
Apres auoir finy cette course innocente
Viens vn peu soulager mon ame impatiente :
Ie pretends te parler ce soir à cœur ouuert.

Sabine.

Ie n'y manqueray pas quand nous aurons pris l'air.

Liuie s'en va.

Sabine continuë.

Nous auons fort bien fait de passer deuant elle
Voicy ce rendez-vous, si discret, si fidelle ;
Madame, où vous pourrez parler tout à loisir.

Sulpicie.

Sabine fait tousiours ma ioye & mon plaisir ;
Mais si quelqu'vn y vient pour rêver à sa Belle.

Sabine.

Soyez fort en repos ie feray sentinelle,
De cét intrigue icy ie veux auoir l'honneur.

Manlius entre à pas contez, le manteau sur son nez.

Sulpicie.

I'apperçois Manlius, qui vient comme vn voleur,
Il vient contant ses pas auec grande mesure.

Sabine.

Vn soin bien circonspect marque vne flame pure.

D

SCENE V.

Manlius , Sulpicie , Sabine ,
Manlius.

Puifqu'enfin le deftin nous force malgré nous
De parler dans ce bois où l'on voit tant de loups ;
Puifque pour affeurer nos precieux myfteres
Faut prendre fon azile aux endroits folitaires :
Comment puis-je répondre à ce cœur genereux
Qui vous fait méprifer le peril de ces lieux ;
Cét excés d'amitié vient fi fort me confondre
Que mes yeux tous baignez vont en larmes fe fondre,
Et ie ne fçay comment pour répondre à mon tour
Ie pourray égaller vn fi parfait amour :
I'ay dans vn cœur mortel d'immortelles bleffures,
Il a pour vous fouffert de cruelles tortures ;
Il a pour vous fouffert la peine des enfers
Quand Liuie a voulu forger de noueaux fers :
De fes ordres mon ame au dernier point outrée
Penfa laiffer fon corps pour vne autre contrée,
Qui ne pouuant fouffrir d'eftre priué de vous
Refta fans mouuement de la voix & du poux :
Et ie n'ay confenty à reuoir la lumiere
Que quand l'amie fait ma fortune premiere.
                              Il montre Sabine.
A prefent que ie puis vous voir tout à loifir
Iugez, iugez, quel eft l'excez de mon plaifir :
Vos yeux font vne ioye en moy fi delicate
Qu'il faut que fon tranfport deffus les miens éclate ;
Et ie ne fçay pas bien comme on peut refifter
Au plaifir de reuoir ce qu'on a crû quitter ;
Mais comme enfin l'eftat de mon ame amoureufe
Eft le feul bien qui peut rendre ma vie heureufe,

Ie crains d'en voir la fin par cét esprit jaloux
Par quelqu'autre ennemy ou peut-estre par vous.

Sulpicie.

Iauoüe, Manlius, que i'ay beaucoup de ioye
Quand ie voy le chagrin où vostre ame se noye,
Vos craintes sans raison, vostre inutile peur
Me donnent du plaisir, & font ma belle humeur ;
Vous sçauez estre aimée, vous craignez quelque chose
Vostre cœur n'est plus vostre, à present i'en dispose :
Et lors que vous craignez de perdre mon amour
Le mien vous est acquis sans espoir de retour.

Sabine.

Il faut aprehender que la noire Liuie
Ne fist pour me chercher vne étrange sortie.

Manlius.

Madame, il ne faut pas plus long-temps demeurer
I'estime fort l'auis qu'elle vient inspirer.

SCENE VI.

Liuie, Sabine,

Liuie.

Vous auez bien long-temps resté en promenade,
L'excés dans le plaisir, rend le plaisir bien fade.

Sabine.

Madame, ie marchois pour vous aller trouuer ;
Mais pour me soulager vous venez d'arriuer,
Vous me croyez sans doute à mon deuoir bien lente,
Vous qui pour vos amis estes si vigilante.

Liuie.

Sçais-tu bien que Procule, en veut à mes appas,
Il a depuis vn an pour moy bien fait des pas :
Il a tousiours bruslé de flames fort discrettes ;
Mais ses yeux de son cœur fidelles interpretes,

D ij

Me l'ont bien fait sçauoir, quand i'y songe en effet,
Plus vn amour se cache & plus il est parfait.

Sabine.

Auez-vous témoigné vne fierté fort grande
Auez-vous méprisé ses feux & son offrande?

Liuie.

Oüy, Sabine, i'ay fait dignement mon deuoir,
Il en est plus épris, il brusle de me voir.

Sabine.

Il vous faut gouuerner auec grande prudence
S'il vous aime beaucoup, faut peu de complaisance,
S'il vient à se lasser coulés quelques douceurs
C'est ainsi que l'on sçait se conseruer les cœurs:
Pour que sa passion dure toute sa vie
Souffrez que librement il voye Sulpicie,
Cét abandonnement vous sera glorieux
Comme vous pouuez bien vous passer de ses yeux,
Procule estant à vous, soyez plus genereuse,
Et laissez en repos la pauure mal-heureuse:
Et comme il est à vous, il ne peut estre à deux.

Liuie.

Mais si pour mon mal-heur il s'en fait amoureux.

Sabine.

Si vous continuez à fascher Sulpicie
Cela fera parler de vostre ialousie,
Pour se bien establir, faut mieux se gouuerner
Vous deuez prendre soin de ne la point gesner.

Liuie.

I'estime le conseil que ta bonté me donne,
C'est ainsi qu'vn esprit fort bien sensé raisonne:
I'ay failly mille fois par trop d'emportement
Le Consul que tu sçais qui fait tout grauement,
A l'esprit allarmé de mes rediseries
I'espere quelque iour corriger mes folies;

Et le désabuſer de ce diſcours trompeur,
Qui met dans ſon eſprit tant d'allarme & de peur.

ACTE III.

SCENE PREMIERE

Le Conſul, Ariſte,
Le Conſul.

LA nature tremblante & fertile en chimeres,
Afflige en cent façons nos eſprits debonnaires,
Vn pere bien ſenſé qui cherit fort ſon fils
Le croit touſiours meſlé parmy ſes ennemis,
Sur tout quand il luy croit vne amour qui le preſſe,
Il craint par ſon riual, par luy, par ſa maiſtreſſe,
Il craint dans ſon riual vn eſprit irrité,
Dans la Dame vn meſpris ou trop de cruauté,
Qui font que bien ſouuent l'amant ſe deſeſpere,
Voyant vne beauté ſauuage & trop ſeuere,
Ie ne ſens point pour moy les meſmes mouuemens,
Que ie reſſens pour luy dans ſes euenemens ;
Quand ie voy dans mon fils quelque ſuiet de joye,
Mon ame en ſon tranſport s'abandonne & ſe noye,
Et s'il eſt menacé du moindre des malheurs,
Ie ne puis retenir le cours de mes douleurs
Mais nos enfans n'ont pas pour nous meſme tendreſſe
La longueur de nos ans les chagrine & les bleſſe ;
Ils voudroient de nos jours voir le cours arreſté,
Preſſans de leurs deſirs noſtre mortalité ;
Pour le moins auiourd'huy mes craintes domeſtiques
Deuiendront des ſuccés ou des pertes publiques,

D iij

Faites venir mon fils il eſt bon de le voir ,
Pour qu'il ne puiſſe plus douter de ſon deuoir,
I'aÿ bien voulu ietter les yeux ſur ſa perſonne,
L'Etat eſt attaqué, l'ennemy nous talonne ,
C'eſt auiourd'huy qu'il doit partir ſans plus tarder.

Ariſte ſort & va chercher Manlius.

Le Conſul continuë.
La nature ne peut ſans crainte ſe hazarder.

S C E N E   I I.

Le Conſul , Ariſte , Manlius ,

Ariſte.

Son ordre n'eſt plus faux, & il vous ſaudra ſuiure.
Celuy que par ſes mains le Senat vous deliure.

Le Conſul.

Il faut ſans plus tarder marcher aux ennemis,
Sans diſcourir beaucoup il faut partir mon fils,
Le temps preſſe & i'ay cru que vous iriés ſans peine,
Attaquer l'ennemy de la grandeur Romaine;
Que le Senat pouuoit ſur vous ſe repoſer ,
Quand ces bras inſolens ſont preſts de tout oſer ,
Ils ſont bien prés de nous ioignés donc noſtre armée,
Qui de tous leurs progrés eſt beaucoup allarmée,
L'Etat de nos ſoldats demande vn General,
Qui les puiſſe exempter de la peur & du mal.

Manlius.

Partir tout ſur le champ, le Senat le deſire,
Ne me ſera-t'il pas permis que ie reſpire?

Le Conful.

Mon fils, il faut partir, fans nul retardement.

Manlius.

Helas !

Le Conful.

D'où peut venir ce refroidiffement,
Mon fils il faut partir vous en fçauez la caufe,
Quelque obftacle qu'en fin voftre efprit vous propofe.

Manlius.

Ie n'y puis confentir.

Le Conful.

Mon fils voftre refus,
Apres ce que i'ay dit rend mon efprit confus.
I'auois fait iufqu'icy fond fur voftre courage.

Manlius.

Seigneur i'en ay auffi.

Le Conful.

Vous n'eftes donc pas fage,
Dittes moy franchement qui vous peut empefcher,
De courir vn employ qui vous doit eftre cher ?

Manlius.

Seigneur ie ne fçay pas à prefent que répondre.

Arifte.

Tout voftre empreffement ne fert qu'à le confondre,
Laiffés l'en paix icy diffiper fes regrets.

Le Conful.

I'approuue ton confeil & ie fors tout exprés.

Le Conful fort & Arifte.

Manlius feul.

STANCES.

Surpris, confus & immobile,
Ie ne fçay plus que deuenir,
Mon fang s'échauffe au fouuenir,
Qu'à prefent faut quitter la ville,

Ie fens bien que mon pauure cœur,
Aimant tendrement Sulpicie,
Et mon honneur plus que ma vie ;
Eſt preſt d'expirer de douleur.

Helas ! mon pere s'imagine,
Qu'ainſi l'on quitte ſon amour,
Tyran viens ſçauoir que le iour
Eſt moins qu'vne flame diuine,
Vn cœur eſpris bien viuement,
De l'éclat charmant d'vne Belle,
Sans heſiter fait tout pour elle,
Et ſe des-honore aiſement.

Mais quoy dans l'eſprit de l'armée.
Voudrois tu te des honorer ?
Quoy pourrois tu te ſeparer
D'vne ſi belle renommée ?
Dieux à quoy ſe determiner ,
Mon eſprit ne peut dans la geine,
Que luy fait cette double peine,
Ny reſoudre ny raiſonner.

D'vn coſté mon pere me preſſe,
Mon ambition, mon honneur,
De l'autre l'amour de mon cœur,
Et les charmes de ma maiſtreſſe.
Parlez deuoir, honneur, amour
Parlés que faut il que ie faſſe ?
Mais mon diſcours n'eſt que grimaſſe,
Puiſqu'au leur ie veux eſtre ſourd.

Mais

Mais tu dois partir tout à l'heure,
Non ie ne sçaurois consentir,
Ny de rester ny de partir ;
Que faire donc ? faut que ie meure,
Mourant i'éuite le mal-heur,
Aprés cét ordre qui me presse,
De renoncer à ma maistresse,
Ny renoncer à mon honneur.

   Le Consul entre & *Ariste*,
     Le Consul.

Et bien vous reste t'il encor quelque caprice,
Estes vous resolu.

    Manlius.
   Faut bien que i'obeïsse.
    Le Consul.

Vostre bon-heur est grand, vostre sort est si doux,
Qu'il fait dans nostre Cour grand nombre de ialoux,
Ie ne sçauois que dire & ie ne pouuois croire,
Que vous eussiez voulu renoncer à la gloire.

    Manlius.
     Tire son espée,

C'en est fait, & ce fer que ie tiens dans ma main,
Sçaura vanger l'honneur de tout l'état Romain,
Ie veux pour son bon-heur auoir tant de conduite,
Qu'on verra dedans peu tous leurs soldats en fuite,
Et ie crois fermement que le Dieu des combats,
Conduira prudemment ma ceruelle & mon bras.

    Le Consul.

Allés, allés, partés : mais sur tout prenés garde,
Que rien de vostre part se fasse, & se hasarde,
Sans des ordres prefix de moy & du Senat,
Il n'est point de pardon pour les crimes d'Etat,

      E

Allés, allés, partés , en toute diligence :
Mais fur tout euités la fatale prefence ,
Des femmes que ie voy qui s'en viennent à nous,
Croyés en tout celuy qui ne fonge qu'à vous.

SCENE III.

Le Conful , Liuie , Sulpicie , Sabine,

Le Conful.

Madame dictes moy vn mot en confidence.
Liuie.

Elle parle à Sulpicie.
Ma fille, i'ay befoin, de la feule prefence,
De Sabine qui fçait mes intimes fecrets,
Touchant le bien public, & d'autres interefts.
Sulpicie s'en va.
Le Conful.
Sçaués vous fi la foy de Manlius l'engage,
A l'infceu de nous deux de faire vn mariage.
Liuie.
Seigneur, i'eus fort grand tort quád ie vous fis la peur
I'eftois en vous par ant de fort mefchante humeur ;
Mais ie vous diray bien que Manlius eft fage,
Et n'ofera fans vous conclure vn mariage.
Le Conful.
Mes foins à l'auenir vont pour luy redoubler,
A Dieu dans vos fecrets ie crains de vous troubler.
Il s'en va.
Liuie.
Sçais tu bien que Procule efpris de mon merite.
Continuë toufiours à me rendre vifite,
Son amour m'a paru plus fort de la moitié
I'ay veu plus de chaleur dedans fon amitié ;

Mais comme i'ay des feux remplis d'impatience,
Ie trouue qu'il n'a pas assés de complaisance,
Son esprit paresseux ne répond pas assés,
Aux souspirs que mon cœur en secret a poussés,
Lors que pour luy chez moy la porte fut ouuerte,
Sa passion deuoit estre bien plus à lerte,
Quand i'ouuris mon logis dès ce premier signal,
Il deuoit bien des siens estre plus liberal,
Et comme cét esprit est plein de raillerie,
Ie crains que tout son ieu ne soit que menterie.

Sabine.

Non, non, ie ne croy pas qu'il vous fasse vn faux bon;
Mais ie veux auiourd'huy le sonder tout de bon,
Ie sçauray bien au vray ce qu'il a dedans l'ame,
Laissez moy donc icy.

Lisie sort.

Sabine continuë.

Faut acheuer ma trame,
Et faire reüssir tout mon subtil dessein,
Procule heureusement tombe dessous ma main.

SCENE IV.

Sabine, Procule, Agis.

Agis.

Tout le plus fort est fait vous auez veu Liuie,
Il faut voir à present tout de bon Sulpicie,
Vous pouuez de Sabine estre fort bien seruy.

Sabine.

Si ie le puis, Seigneur, mon cœur sera rauy.
Pour mieux vous faire voir la chaleur de mon zele,
Dans vn petit moment vous verrez cette Belle.

Sabine, va querir Sulpicie,
Procule.

Que puis-je cher Agis, pour tant de foins rendus,
Certes il ne faut point, que ses pas foient perdus.

SCENE V.

Sulpicie, Sabine, Procule, Agis.

Procule.

Enfin depuis long-temps, aimable Sulpicie,
En fouspirant pour vous que ie traisne ma vie,
Ie n'ay pû rencontrer que ce petit moment,
Pour vous entretenir de mon cruel tourment;
Mes yeux vous ont parlé mille fois de mes peines,
Sans auoir iamais fait que des rencontres vaines,
Et fans auoir iamais pû dire à cœur ouuert,
Le mal rude & preffant que mon ame a fouffert;
Puifque prefentement l'occafion eft belle,
De vous entretenir de ma flame fidelle,
Ne puis-ie point fçauoir fi vos yeux moins cruels,
Iamais ne finiront mes foufpirs eternels,
Me ferez vous fçauoir fçachant que ie vous aime,
Que vous auez perdu cette rigueur extreme?
Mais d'vn autre cofté ie crains de trop fçauoir,
I'aime mieux ignorant conferuer mon efpoir,
Ie crains auec raifon que trop de connoiffance,
Ne foit de mon mal-heur la derniere affurance,
Ie crains que mon defir n'ait trop de repentirs,
Et qu'il ne foit fuiuy de cuifans deplaifirs,
Si ie n'efpere plus, fi ie fçay ma difgrace,
Grands Dieux apres cela que faut-il que ie faffe,
Le moyen de pouuoir viure apres ce mal-heur,
Eftant feur de reuoir tous les iours ma douleur.

Sulpicie.

Pourquoy s'imaginer mille choſes nouuelles
Pour rendre ſans raiſon vos peines plus cruelles :
Si i'ay trop témoigné de froideurs pour vos feux
Mon cœur n'en eſtoit pas pour lors moins amoureux,
I'auois premierement à ſouffrir bien des geſnes,
De l'amour, du ſecret, & de mille autres peines,
Puiſqu'il falloit tromper deux yeux fort allarmés
Qui des voſtres eſtoient preuenus & charmez,
I'eſpere vne autre fois vous mieux conter ma peine ;
Mais ie crains qu'en ces lieux quelqu'vn ne nous
   Sulpicie & Sabine s'en vont. (ſurprenne.
Sulpicie laiſſe tomber vn billet de ſa poche en tirant
ſon mouchoir.

Procule.

Qu'il eſt doux de ſouffrir du martyre amoureux
Quand le cœur de la Dame eſt auſſi langoureux :
Agis, ie n'en puis plus, mon cœur nage de ioye;
Mais quel eſt ce billet ? il faut que ie le voye.

Vers du billet.

O dieux ! que mon deſtin eſt triſte,
I'enuoye en diligence Ariſte ;
Afin de vous mieux auertir
Que ie dois marcher dans vne heure
Comme i'enrage de partir
Souffrez que deuant vous ie pleure.

   ❧ ❧

Pour me conſoler du voyage,
Trouuez-vous au petit bocage,
Là, i'embraſſeray vos genoux
Nous y rirons, ma Sulpicie,
De Procule qui meurt pour vous
Et de noſtre laide ennemie.

  Signé, Manlius.

Procule apres auoir leu.

Puisque pour mõ mal heur auiourd'huy tout cõspire
Il ne m'importe plus qu'apres cela i'expire,
La vie quoy que belle, & charmante pour tous
N'a plus pour moy d'attraits aprés ces rudes coups:
Quand nostre ame se voit tout à fait mal-heureuse
Elle doit de sa fin estre plus amoureuse:
Et comme elle se voit toute preste à déchoir
En songeant à finir, elle sçait tout preuoir.

Agis.

A moins de ces reuers qui n'ont resource aucune
La vie aux bien sensez n'est iamais importune
Et quand mesme on seroit accablé de mal-heur
Le party d'y rester est tousiours le meilleur,
Ie tiens pour moy qu'il est d'vne fine prudence
De bien s'imaginer quelle en est l'importance,
Apres auoir souffert mille & mille trauaux
Ne peut-on poinct trouuer de remede à ses maux?
Le mal-heur qui du sort prend tousiours sa naissance
Ne soustient point l'effort d'vne grande constance,
Oüy, le sort d'icy bas le second Gouuerneur
Ne peut rien sur l'esprit qu'il trouue en sa vigueur.

Procule.

Agis, ie ne voy pas qu'au mal qui me possede
Tous vos raisonnemens me soient vn grand remede
Mais suiuez mes auis, & mettons nous icy,
Nous aurons du billet le cœur bien éclaircy,

Ils se cachent dans vn coing.

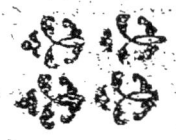

SCENE VI.

Manlius, Sulpicie, Sabine.

Manlius.

Madame, vous venez, & moy ie viens aussi.

Sulpicie.

Au moins du rendez-vous nous sommes sans soucy.

Procule en s'auançant.

O Dieux! i'estois trompé sans le pouuoir connoistre,
O rage, ô desespoir!

Agis.

On nous entend peut-estre?

Procule & Agis se cachent.

Manlius

Madame, tous les iours vostre grande bonté
Adiouste quelque chose à ma felicité,
Si vous continuez vous allez me confondre
En faisant vn ingrat qui ne sçauroit répondre;
Mais pouuez-vous tirer fort grande vanité
De me vaincre enyuré de ma prosperité?
Laissez moy respirer, & redressant mon ame
Souffrez que tout ce temps ie parle de ma flame.

Sulpicie.

Mais qu'est ce qui vous peut obliger à partir?

Manlius.

Le Consul d'auec qui ie ne fais que sortir;
L'ennemy prest d'icy nous fait bien du rauage,
Et c'est cela qui fait auancer mon voyage,
Ie ne vous puis celer, au moins en vous quittant
Que si i'ay à mourir ie mourray bien content;
D'auoir poussé à bout l'amitié la plus tendre
Ie croy que d'vn Amant, c'est ce qu'on peut attendre:

Et ſi ie ne meurs pas ie ſeray bien ioyeux
De reuenir vainqueur, vaincu par vos beaux yeux ;
Comme ſi ma défaite euſt eſté neceſſaire
Pour renuerſer à bas tout le party contraire ;
Mais dans les deux Eſtats de vaincu & vainqueur,
Madame, le premier me tient bien plus au cœur.

Sulpicie.

Quant l'eſprit eſt attaint d'vne douleur profonde
Il eſt bien mal aiſé, Manlius, qu'on réponde :
Au nom de voſtre mort mon viſage paſlit,
Si vous mourez ſanglant, ie mourray dans mon lit :
L'occaſion pour moy ne ſera pas ſi belle ;
Mais nos morts ne feront qu'vne meſme nouuelle,
Et nos amours nourris dans vn meſme berceau
Auront la meſme fin dans vn meſme tombeau.

Procule debuſque l'épée à la main.

Il n'y a plus moyen de ſouffrir cét outrage,
Ca, Manlius, à moy, montre nous ton courage ?
Fais nous voir ſi tu ſçais gouuerner à leur tour,
Et le Dieu des combats, & le Dieu de l'amour.

Manlius met l'épée à la main, & parle.

Procule, puiſqu'enfin il te prend cette enuie
Souuiens-toy qu'à l'inſtant tu vas perdre la vie :
Souuiens-toy que dans peu tu ſera repentant
Du tort que tu me fais, de la gloire & du temps,
Madame, au nom des Dieux, ſoyez vn peu tranquille
Cette victoire icy me ſera fort facile ;
Mais infame pour toy, viens viſte receuoir
La peine d'vn méchant qui ſort de ſon deuoir.

Manlius deſarme Procule, & continuë.

Hé bien, Madame, hé bien, ſa main de peur atteinte
N'a rien fait que trembler en voyant cette pointe :
Le voilà deſarmé cét infame poltron,
Qui venoit à vos yeux faire le fanfaron.

Procule

Procule se déchire les cheueux.

Agis.

Quoy pour estre vaincu la douleur vous surmonte ?
Tous les plus grāds guerriers le sont sans nulle hōte.

Procule.

Cher Agis, laissez-moy expirer à loisir
Apres auoir receu ce dernier déplaisir.

Procule & Agis s'en vont.

Sulpicie.

Ne faut point abuser de la bonne fortune,
Pour la trop rechercher souuent on l'importune,
Ces premieres faueurs du grand Dieu des combats
Ne doiuent pas, Seigneur, animer vostre bras :
Au point d'exposer trop vostre aimable personne
Ie sçay qu'à la valeur il faut vne couronne ;
Mais pour la meriter, quand il n'est pas besoin,
Il ne faut point pousser sa vaillance trop loin.

Manlius.

Ie ne sçay si ma ioye est ridicule & folle,
Ie gouste par auance vn bien qui me console :
Ie crois estre tout prest de donner le combat,
Et ie crois le gagner pour l'honneur du Senat ;
Madame, l'on peut bien dans ces excés de ioye
Temperer les ennuys que le départ enuoye :
Comme enfin vous regnez, maistresse de mon sort,
Ou i'auray la victoire, ou bien ie seray mort.

F

ACTE IV.
SCENE PREMIERE.

Le Conful.

IVſqu'icy ie n'ay point fait ſemblant de connoiſtre
L'amour que Manlius n'a que trop fait paroiſtre ;
Mais puiſqu'il a produit ce combat glorieux
Le ſujet ne m'en peut iamais eſtre odieux :
Cette action me plaiſt eſtant pleine de gloire
Tout mes ieunes combats rentrent dans ma memoire :
Et ie ne me ſens pas lors que ie voy mon fils
Faire preſentement, ce qu'autrefois ie fis ;
Cette inſigne valeur nous marque vne belle ame,
Non, ie ne deuois pas trauerſer cette flame,
Que le Ciel inſpiroit dedans ce ieune cœur
C'eſt peut-eſtre par là qu'il eſt reſté vainqueur :
C'eſt peut-eſtre par là qu'eſtant fait gallant-homme,
Il vaincra ſeurement les ennemis de Rome :
Ie connois que l'amour eſt vn grand agréement
Quand celuy qui le ſent en vſe prudemment ;
Quand cette paſſion tient vne teſte ſage,
Il n'en peut arriuer qu'vn fort grand auantage :
Mal-heureux ie craignois dans le commencement
Qu'on ne blamaſt mon fils dans ſon attachement ;
Mais ie vois que ſon cœur plein de flame guerriere
Am plus ſon honneur que cette beauté fiere,
I'ay preſſé ſon départ ; mais à preſent ie crains
Qu'auec nos ennemis il ne ſe trouue aux mains :

Ie crains vn de ses coups qui n'espargnent personne,
Rome, auiourd'huy du moins mon ame t'abandonne;
Cét enfant si chery, ce pauure infortuné
Pour le moins ie te rends ce que tu m'as donné :
Il nasquit dans l'enclos de tes hautes murailles,
Et pour toy ie l'expose aux tristes funerailles :
Ie remplis en Consul les loix de mon deuoir
Quand ie donne au Public ce que ie puis auoir;
Maudite ambition, qui des plus grands disposes
Pour te bien assouuir l'on donne toutes choses.
Ton desir inconstant qui presse à tout propos
Ne nous laisse iamais la paix ny le repos :
L'on veut tout hazarder pour vn ombre de gloire,
Et l'on est mal-heureux pour vn peu de memoire :
I'espere quelque iour apres le Consulat
Pour suiure les plaisirs renoncer à l'éclat;
Mais cependant coulons ce temps d'inquietude
Ce temps si mal-heureux dont l'attente est si rude :
Et dont le seul penser me fait craindre vn mal-heur
Qui va desesperer mon esprit de douleur ;
Mais éuitons ces lieux où ie vois trop Liuie
Qui viendroit me conter encor quelque folie :
Dans l'estat où ie suis ie ne sçaurois parler
Qu'à des gens bien censez qui sçachent consoler ;
Mais comme sa façon d'agir tousiours m'afflige,
Il faut bien qu'à mon tour luy parlant ie l'oblige
A prendre du chagrin faisant valoir l'éclat
Qu'a fait dans nostre cœur ce valeureux combat.

SCENE II.

Le Conful, Liuie, Sabine,

Le Conful.

Madame, fçauez-vous vne grande nouuelle?

Liuie.

Non,

Le Conful.

Bien vous la fçaurez s'il vous plaift de la Belle :
Cela regarde fort toute voftre maifon,
On ne cite que vous dedans cette faifon.

Le Conful s'en va

Sabine.

Madame, vous fçaurez que le trompeur Procule,
A fait vne action depuis peu ridicule,
Hier Sulpicie & moy, nous vinfmes dans ce bois
Pour auoir le plaifir de fa charmante voix :
Nous faifions mille tours dans ce lieu fi champaiftre,
Les moutons affamez deuant nous venoient paiftre ;
Elle chantoit, & moy ie badinois fans foin,
Procule nous fuiuit en ce temps d'affez loin,
Se mit fans faire bruit auec beaucoup d'adreffe
Dans vn lieu qu'il connut propre pour fa trifteffe :
Manlius, qui venoit nous faire fes adieux
Demeura quelque temps auec nous dans ces lieux ;
Et puis il prit congé de noftre Sulpicie,
Pour lors nous entendons, Procule qui s'écrie :
Et mit tout auffi-toft fon efpée à la main,
Manlius fit de mefme auec vn grand dédain ;
Mais en faifant briller cette fatale pointe,
Procule vit de peur toute fon ame atteinte,
Ne pouuant fouftenir ce choc fi furieux
Il rendit fon efpée, & s'enfuit de ces lieux,

Procule en ce combat n'ayant pas fait son compte,
S'en alla tout fasché d'infamie & de honte,
Voyant bié que pour lors nous sçauriôs toutes deux,
Que de vous il n'auoit point esté amoureux ;
Madame, il vous trompoit auec grande malice,
Et quand il vous venoit faire offre de seruice,
Il sçauoit le meschant en faisant tous ses pas,
Que son but n'estoit point d'adorer vos appas,
Il nous trompoit, Madame, auec sa flatterie :
Car son cœur en secret adoroit Sulpicie ;
Mais ie n'en sçauois rien, ie le crus bonnement,
Aussi son procedé me pique doublement,
Vous auez bien raison de vous mettre en colere.

Linie.

Auray-je tous les iours quelque nouuelle affaire,
Vn procedé si noir ne meriteroit pas,
Qu'on fist pour se vanger d'vn ingrat aucun pas,
Discours fallacieux, trompeuses apparences,
D'vn plaisir d'vn moment flatteuses esperances !
Pourquoy estes vous donc entrées dans mon cœur,
Pour me venir traitter auec tant de rigueur ?
Non, rien ne peut iamais oster la violence,
Où s'en va me porter mon extreme vangeance,
Rien ne peut m'empescher aussi de me vanger,
A me venir tromper rien n'a pû t'obliger ;
Oüy, ie te veux punir déloyal & perfide,
Bien plus qu'ayant commis vn cruel homicide :
Oüy, ie me veux vanger contre toy déloyal ;
Comme d'vn mal-heureux qui n'a point son égal :
Helas ! à quoy me sert d'auoir tant de richesse,
Si ie n'ay point d'Amant qui n'ait quelque finesse ?
Pourquoy me tant parer & tant chercher d'appas,
Si ie cours vn ingrat à qui ie ne plais pas,

Dedans ce grand état chacun me confidere,
Tout y eft doux pour moy hors Procule feuere;
Ah ! mes charmes font vains, deceuans & flatteurs,
Qui ne font point d'Amans & d'amis que trompeurs,
Mais Sabine peut - eftre imprudemment m'abufe,
Que fçauons nous s'il n'eft point capable d'excufe,
Ne pouffons point à bout mon vif reffentiment,
Sans auoir écouté ce mal-heureux Amant.

Sabine.

Quand l'amour s'établit parmy les femmes d'age,
Elle ne font iamais qu'vn mefchant perfonnage,
Dedans fa paffion l'on fe laiffe endormir,
Et l'on fe fait tromper par fon propre defir.

Liuie.

Non, non, il ne faut plus fufpendre fa colere,
Iamais le mal-heureux n'eut deffein de me plaire,
Son crime eft medité, loing de s'en affliger,
Le mefchant n'a iamais voulu s'en corriger,
Iufqu'où va le mépris qu'il a pour ma perfonne,
Si pour d'autre que moy fa vie s'abandonne :
Non i'en fais vn ferment ie ne le veux point voir,
Comme il faut le punir confultons tout ce foir.

SCENE III.

Agis, Sabine,

Agis.

Apres tout ce fracas qu'eft-ce que l'on peut dire?
Procule & moy nous vous donnons affés à rire,
Puis que voftre credit peut bien tout hazarder,
Tafchez au moins chez vous de nous r'accommoder.

Sabine.

Commande abfolument, il n'eft rien que ie puiffe,
Qui ne foit conuerty bien-toft dans vn feruice.

Sabine s'en va.

SCENE IV.

Procule, Agis,

Procule.

Agis de mes mal-heurs vnique confident
Et à qui mon desastre est assez euident ;
Toy qui connois mon sort, & où va ma disgrace,
Dis moy presentement que faut il que ie fasse,
Tu sçais combien de bruit, tu sçais combien d'esclat,
Parmy tous les Romains à fait nostre combat,
Sans doute qu'on le sçait chez la vieille Liuie ,
Et que ie n'oseray l'aborder de ma vie,
Dans ce mal si pressant qu'y faire cher Agis ?

Agis.

C'est à present qu'il faut visiter son logis,
C'est à present qu'il faut auec beaucoup de ruse,
De vostre auersion que l'on la désabuse ;
Elle est vieille & l'amour dure plus fortemett,
Dans ses membres vsez, dans ses vieux ossemens ,
Son sang presque gelé ne fera point diuorce,
De cette passion qu'auec beaucoup de force,
Ainsi c'est vn moyen pour vous mieux r'acrocher,
Pourueu que vous preniés le soin d'en approcher.

Procule.

Mais Agis pense-tu que sitost elle oublie ,
Que toute mon amour estoit pour Sulpicie,
Son esprit si hautain ne pourra digerer
Que pour d'autres appas i'aye osé souspirer,
Et quand ie pousserois des souspirs veritables,
Elle en croira l'effet comme l'on croit des fables ;
Quand ie prendrois des soins au fons qui seront vrais
Elle croira tousiours qu'ils seront contrefais,

F ij

Je ne voy rien pour moy de ce qui l'enuironne,
Sulpicie en courroux est prest de sa personne,
Et Sabine aux yeux fins qui m'a tousiours menty,
Peut-elle s'auiser de prendre mon party ?
Pour moy ie doute fort que l'on vueille & l'on puisse,
Au prés d'elle iamais me rendre aucun seruice,
Je ne voy pas comment apres tant de mespris,
L'on pourra redonner creance à nos esprits.

Agis.

Les esprits delicats, les personnes subtiles,
Sçauent bien surmonter les choses difficiles,
Faut en si bien vser que malgré son courroux,
Elle tienne à plaisir de reuenir à vous,
De son premier transport pour qu'elle soit remise,
Il l'a faut aborder auec grande franchise,
Luy dire ingenuëment que vous auez dessein,
D'épouser Sulpicie, & luy donner la main ;
Mais que quand vous auez eu reconnu sa flame,
Vous l'aués aussi-tost bannie de vostre ame,
Que pour presentement vous luy venés offrir,
Vn cœur tousiours constant iusqu'au dernier souspir,
Et qui luy dit tout bas sans fraude & sans malice,
Qu'il sera tousiours prest d'embrasser son seruice.

Procule.

Mais Agis entre nous comme enfin mon combat
A reduit mon estime en fort mauuais état,
Si Liuie vouloit prendre cét auantage.

Agis.

Pour s'allarmer si fort il faut n'estre pas sage,
Bien loin d'en essuyer vn traitement fascheux,
Vous verrés deuant vous renouueller ses feux ;
Puisque enfin cent raisons vous forcent de luy plaire,
Visités la tousiours, ou douce ou en colere,

Mettez

Mettez vous tout entier à regagner son cœur,
Si vous pouués encor en estre le vainqueur,
Vous estes retably dans la belle ieunesse,
Vous voila pour iamais tout comblé de richesse;
Le beau monde oubliant vos disgraces d'amour,
Se fera plus gallant pour vous faire la Cour.

Procule.

Ie m'en vais donc la voir & luy parler sans feinte,

Agis.

Elle vient, parlés donc en homme exempt de crainte.

SCENE V.

Procule, *Agis*, *Liuie*, *Sabine*, *Sulpicie*,

Procule.

Dans les enfers affreux, il n'est point de damné,
Qu'on puisse comme moy nommer infortuné?
Madame, vous voyés l'infortuné de Rome,
Des gens de qualité le plus mal-heureux homme,
mais pour mettre en leur rãg mes insignes mal-heurs,
Le plus fatal de tous qui me tire des pleurs,
Madame, vous voulez que i'essuye mes larmes,
C'est de n'auoir pas bien répondu à vos charmes,
D'auoir mal reconnu vos insignes bontés,
Et dont vous me veniés combler de tous costés,
Dedans ce comble affreux de triste doleance;
Madame, ie n'ay plus qu'vne seule esperance,
Comme vous auez eu tant de bonté pour moy,
Et moy qui tant de fois vous ay manqué de foy,
Ie croy que vous aurés tousiours l'ame assez haute,
Pour donner de bon cœur le pardon de ma faute,
Ie suis vn déloyal, vn perfide, vn meschant,
Qui pour vous abuser auois trop de panchant;

G

Mais lors que vous sçaurés, trop redoutable Dame,
Que mon cœur fort long-temps a bruslé d'vne flame,
Vous estes bien vangée, en estant consommé,
Pour vn cruel objet qui ne m'a point aimé,
Vous voyez à vos pieds vn mal-heureux coupable,
Qui ne peut plus souffrir vn remors effroyable,
Qui ne peut supporter vn eternel vautour,
Qui le ronge depuis qu'il a manqué d'amour
Ordonnés promptement mes cheres funerailles,
Poussez, poussez, ce fer au fond de mes entrailles,
Rendés moy le repos en me donnant la mort.

Sulpicie.

Voyez que son esprit est matois, est accort.

Liuie.

Ie me sens attendrir, le regret de sa faute
Desarme mon courroux tout à fait & me l'oste.

Sabine.

Hé Madame,

Sulpicie.

Procule & quoy presentement,
Ayant changé d'objet, vous changés de tourmens.

Procule.

N'estoit - ce pas assez quand i'estois vostre esclaue,
Faut il mesme guery que vostre cœur me braue,
En tous lieux, en tous temps, quoy me pousser à bout?

Sulpicie.

Ie vous ayme en tous lieux, en tous temps & par tout.

Liuie.

Quand la premiere fois vous vinstes par malice ;
Pour me tromper chez moy m'offrant vostre seruice,
Dittes, n'estois-je point Reyne de vostre cœur?

Procule.

Madame en ce temps là i'estois vn imposteur,

Pour la seconde fois faut-il que ie le die ?
Ie n'aimois en ce temps que voftre Sulpicie.

Liuie.

Vous ne m'aimez donc bien que depuis le moment,
Que vous auez connu qu'elle auoit vn Amant,
Le mefpris de la Belle ou bien fort vous tranfporte,
Ou voftre paffion eft fans doute bien forte,
Vous commencez d'aimer & dés-ja vous pleurez,
Si vous continués fans doute vous mourrés.

Procule.

Il faut bien moins de temps à ce Dieu redoutable,
pour faire vn coup hardy contre vn cœur indóptable
Ses effets violens fe font dans vn inftant,
Et c'eft prefque le feul qui fe paffe du temps,
Il ne combat iamais que feur de la victoire,
Et de tout ce qu'il veut il a toufiours la gloire.
Madame cependant vous vous mocquez de moy,
Par ce que ie vous ayme & vous donne ma foy,
Iuftes Dieux ie voy bien la noirceur de mes crimes,
Par vos coups rigoureux autant que legitimes,
Mon efprit abbatu commence à fe troubler,
De ce pefant fardeau qui s'en va l'accabler,
Vous prenés grand plaifir d'infulter qui vous aime,
Si mon mal-heur eft grand, mon courage eft extreme,
Plus ie fuis mal-heureux & plus c'eft mon deuoir,
De faire en mon mal-heur des coups de defefpoir,
Ne pouffez point à bout vn genereux volage.

Liuie.

Pour vn mot vous voulés montrer voftre courage,
Quoy pour vn fimple mot fe vouloir reuolter,
Voila bien le moyen de me pouuoir dompter,
O bien ; puifqu'à mon tour il faut que ie m'explique,
Ce n'eft pas bien mon fait qu'vn amour tyrannique,

Tout cecy me deplaiſt & ſans diſſimuler,
Procule ie n'en veux iamais ouïr parler.

De ce dépit ſi prompt ne ſoyés point outrée,
Vous aurés le repos, ma mort eſt aſſurée.

SCENE VI.

Sabine, Agis,

Agis.

Par ce que vous n'auez pas fait voſtre deuoir,
Voila ce pauure Amant dedans le deſeſpoir,
Tous vos traits d'amitié ce ſont des traits de haine,
Pourquoy nous donniez vous vne eſperance vaine,
Et faiſiez vous ſemblant de ſeruir ſon party,
Si vous euſſiez bien fait il ſeroit mieux ſorty,
Qu'il ne fait auiourd'huy d'auec voſtre Liuie.

Sabine.

Il s'eſt perdu luy meſme en ſeruant Sulpicie,
Son combat inſenſé ruinoit mon deuoir,
Sa fourbe eſtoit trop grande & il l'a trop fait voir,
S'il euſt ce déloyal bien ſuiuy ma penſée,
Son attente auiourd'huy ne ſeroit pas vſée,
Il ſeroit dedans peu le plus heureux humain,
Qui reſpire le iour dans tout l'Etat Romain.

Agis.

Ie croy qu'il eſt l'autheur principal de ſa perte;
Mais n'y auez vous pas aidé à force ouuerte?
Quand Liuie tantoſt paroiſſoit reuenir,
Vous l'aués empeſchée, il en faut conuenir.

Sabine.

Ie ne pouuois iamais garder mon innocence,
Si i'euſſe conſenty au pardon de l'offence,
Quel conſeil doux pouuois je en ce temps là donner,
Sans que cét eſprit feint ne me vinſt ſoupçonner,

Et comme il eſt caché, ſouuent il diſſimule
Auſſi ie voyois bien qu'elle ioüoit Procule,
Par ce que ie ſçauois qu'elle auoit fait deſſein
De ſe vanger de luy comme d'vn aſſaſſin.

Agis.

Vous me ioüez, Sabine, auſſi bien que Procule,
Et chacun à ſon tour vous ſert de ridicule.

Sabine.

Bien donc i'ay l'eſprit fin iuſques au dernier point
Croyez-le ou non, cela ne m'embarraſſe point.

Agis.

Vaut mieux ioüer d'eſprit que d'eſtre ſi cruelle
La fourbe parmy nous n'eſt qu'vne bagatelle.

Sabine.

Vaut mieux ſçauoir fourber que de n'eſtre qu'vn ſot.

Agis.

Ie l'auoüe entre-nous, ie ne puis dire vn mot.

Sabine.

Voſtre eſprit eſt ma foy capable en toute choſe,
Témoin le procedé de celuy dont on cauſe.

Agis.

Sabine, ſçauez-vous qu'en s'emportant vn peu
L'eſprit ſe peut troubler & le ſang prendre feu,
Vous auez deſſus moy de fort grands auantages,
Et vous faites bien mieux beaucoup de perſonnages.

ACTE V.
SCENE PREMIERE

Sabine, *Sulpicie*,
Ariste.

MAdame, en peu de mots ie feray mon hiſtoire,
L'illuſtre Manlius, a gagné la victoire :
Le combat s'eſt donné, il eſt reſté vainqueur,
L'ennemy s'eſt rendu, ſurpris, que ce grand cœur;
Entreprit à ſes yeux tant & tant de merueilles,
I'en ſçay, i'en ſçay aſſez pour rauir vos oreilles :
Si i'auois le talent de me bien exprimer,
Oüy, Madame, i'en ſçay aſſez pour vous charmer ;
L'ennemy triomphoit, & pilloit nos villages,
Il faiſoit tous les iours mille & mille rauages :
Les payſans allarmez fuyoient de tous coſtez,
Et les bons laboureurs auoient tous deſertez;
Manlius arriuant, connut que ſon armée
Du progrés ennemy eſtoit fort allarmée :
Il guerit peu à peu ſa premiere terreur,
Et inſenſiblement luy redonna vigueur;
Il coula quelques mots de donner la bataille,
Il en vit le deſir iuſques dans leurs entrailles :
Sur ce pied, il fait faire vne marche au ſoldat,
Qui ne reſpiroit plus que l'honneur du combat :
Il auance, il apprend, que l'ennemy eſt proche;
L'vn aiuſte ſon arc, & quelques traits décoche,
L'autre tire à demy ſon bel acier courbé

Croyant voir dedans peu l'ennemy succombé;
Manlius se voyant tout à fait en presence
Des soldats ennemis le combat se commence :
Iamais on n'a tant veu de perils ny d'hazards
Les traits trouuoiét les traits, les dards trouuoiét les
L'arc ne suffisant pas fit place au cimeterre (dards:
Le sang à gros boüillons couloit dessus la terre,
La mort qui suit tousiours les perilleux trauaux
Regnoit dessus ses champs auec sa grande faux,
Enfin apres beaucoup de dispute & de peine
Le sort se declara pour ce grand Capitaine :
Tous les soldats vaincus mirent les armes bas
Dedans les deux partis on reconnut son bras:
Pour le vainqueur de tous, & pour estre l'vnique
dessus lequel rouloit l'action heroïque.

Sulpicie.

Et que puis-ie répondre à des propos si doux,
Il faut incessamment se ietter à genoux :
Et rendre grace aux Dieux de ces faueurs insignes
Dont ils viennent combler les sujets les plus dignes;
Que ses faits ont d'éclat ! son cœur audacieux
A sans doute charmé la volonté des Dieux :
Que ses exploits hardis chatoüillent bien mon ame
Ie sens tant de plaisir que tout mon cœur se pasme ;
Mais le Consul sçait-il que vous estes icy ?

Ariste.

Oüy, Madame,

Sulpicie.

N'estant pas encor éclaircy,
Il pourroit affoiblir cette grande nouuelle
Sans doute l'action en paroistroit moins belle :
Allez auprés de luy faire vostre deuoir ;
Mais qu'il ne sçache point que l'on vous ait pû voir.

SCENE II.

Ariſte, Le Conſul, Manlius.
Le Conſul.

Ie l'auois deſia ſceu du vigilant Ariſte,
Manlius eſt vainqueur, & Manlius ſubſiſte :
Que vous eſtes cruel d'auoir tant de valeur
De faire tant de morts qui vous font tant d'honneur,
Manlius à ſon âge, eſt parfait Capitaine
Que mon nom va ſeruir à la grandeur Romaine :
L'on ne ſongera plus à nos exploits paſſez
Quand les voſtres ſeront fidellement tracez :
Mais il faut ordonner des fruits de la victoire,
Eſtant digne Conſul, il y va de ma gloire :
Ie dois recompenſer vn ſeruice rendu,
Ie vous quitte à regret ; mais ie ſuis attendu ;
Pour le bien important de noſtre Republique,
Vous, cependant gouſtez cette faueur publique :
Le bruit, ce Precurſeur de nos honneurs diuins
Que vont vous preparer nos illuſtres Romains.

Le Conſul s'en va & Ariſte.
Manlius.

Qu'il eſt doux ce départ, pour vn Amant que preſſe
Le deſir Amoureux de reuoir ſa Maiſtreſſe :
Enfin que le Conſul ſoit attendu ou non,
Il a touſiours donné dans mon intention.

Manlius s'auance pour aller trouuer
Sulpicie, qui vient au deuant de luy
auec Sabine.

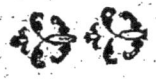

SCENE III.

Manlius, Sulpicie, Sabine.

Manlius.

Madame ie courois en toute diligence
Pour vous mieux asseurer de mon impatience ;
Et par bon-heur pour moy du Consul occupé
Aprés quelques discours ie me suis eschappé.

Sulpicie.

Vous voilà, Manlius, & le Ciel si propice,
Se declarant pour vous, vous a rendu iustice :
Par choix s'estant ietté dedans vostre party,
Il l'a suiuy tousiours sans l'auoir démenty,
Vostre nom signalé est tout couuert de gloire,
On va l'eterniser au temple de Memoire :
Il sera desormais vn sujet si pompeux
Qu'il fera chanceller la foy de nos neueux :
Vous auez tant fait voir de vertus dans vn homme
Que vous estes le seul Heros dans nostre Rome,
Aprés ces grands succés, & ces prosperitez,
Ie pourrois consentir à quelques vanitez ;
Mais si i'aime à vous voir tant d'heur, & tât d'estime
Manlius, mon plaisir est pur & legitime :
Comme ses ornemens sont faits pour les Heros
Aussi n'en veux-je point y ser mal-à-propos ;
I'aime, mais mon amour a des sentimens fermes
Et ie les suis tousiours sans en passer les termes,
Quand on cite vos faits tout cela m'est bien doux ;
Mais tout cela, Seigneur, c'est pour l'amour de vous :

H

I'aime à vous voir, Heros, parce qu'on vous reuere;
Et non pas à dessein que l'on me considere.

Manlius

Ie n'ay pas comme vous vn si parfait amour;
Mais il faut cependant que i'en parle à mon tour,
Madame, i'ay vaincu, mon bras en cette guerre
A mis asseurement beaucoup d'hommes par terre;
Mais auec tout cela dans tout ce que i'ay fait
Vostre merite fut en tous lieux mon obiet :
Mon ame sur vos yeux pour iamais occupée
Leur a fait vn tribut de tous mes coups d'épée,
Et comme ie partis tout percé de vos coups
Ie crus que tout pouuoit estre digne de vous :
Ie mis dans mon esprit sçauant par mon exemple
Qu'il falloit immoler pour orner vostre Temple:
Ie porté en tous lieux la pointe de mon fer
Pour vous faire tout vaincre, & par tout triompher:
Ie ne trouuois iamais d'action assez belle
Pour remplir dignement la grandeur du modelle :
Ie me rendis cruel, & traitté d'ennemis
Les gens qui resistoient, & n'estoient point soûmis;
Dessus tous à l'instant i'estendis mon empire
Vn General peut tout de qui le cœur soûpire,
Quand vn Chef aime bien, il peut tout surmonter
L'amour est vn second que l'on doit redouter,
Chacun dans le combat me venoit reconnoistre
Par ce qu'il me seruoit & de guide & de Maistre
Enfin Rome doit tout à l'éclat de vos yeux
Leur secrette vertu m'a fait victorieux.

Ariſté entre.

Voſtre pere, Seigneur, exprés icy m'enuoye,
Pour vous faire ſçauoir qu'il aura grande ioye,
Que vous ayez l'honneur qu'on doit à voſtre appuy,
Pour cela tout eſt preſt.

Sulpicie.

Triomphez auiourd'huy,
Ne faut point eſchapper vn temps ſi fauorable.

Manlius.

Madame, c'eſt à vous que ie ſuis redeuable
De l'honneur qu'à regret ie m'en vais receuoir
Puiſque dans ce temps là ie ne pourray vous voir.

SCENE IV.

Liuie entre vn peu apres que *Manlius* eſt
ſorty.

Liuie, Sulpicie, Sabine, Ariſte.

Liuie.

Auiourd'huy i'ay quitté l'embarras & la ville
Pour chercher vn remede à mes maux fort vtile:
I'aime la réverie & benis le ſoucy
Qui me font ſans deſſein vous rencontrer icy,
Ie combattois tantoſt ſeule contre moy-meſme,
A la fin i'ay vaincu ma paſſion extreme ;

Procule ne peut plus esperer de retour,
Et ie l'ay oublié en perdant mon amour :
L'on m'a dit qu'aprenant cette grande victoire
Comme il hait Manlius, & plus encor sa gloire ;
Il changea de couleur, son visage palit,
Et malade aussi-tost se mit dedans son lit :
Qu'il meure, s'il luy plaist, qu'il meure ou qu'il gue-
Ie ne veux iamais plus conter sur tel seruice :   (risse
Sulpicie pour vous ie veux vous auertir
Qu'à vostre hymen ie suis preste de consentir.

Sulpicie.

Quand il ne vous plut pas i'obeïs, ie suis preste,
Aussi vous le voulant d'acheuer ma conqueste,
Enfin ie vous ay dit que fort aueuglement,
Ie receuray tousiours de vos mains vn Amant.

Liuie.

Mon premier mouuement vous deut estre fort rude,
Vous deustes en auoir beaucoup d'inquietude ;
Mais cet esprit pliant que i'ay trouué en vous,
A bien contribué à vaincre mon courroux ;
De plus ce ieun' Heros me plaist, sa grande mine,
Sa Maiesté, son cœur, cette action diuine ,
Me le font regarder comme vn digne heritier ;
Le Consul n'aura pas tousiours l'esprit altier,
Il ayme fort son fils, sans doute à sa priere
Il pourra bien descheoir de son humeur seuere,

Sabine.

Madame, ie le voy qui marche assez réueur,
Vous connoissez aussi cette meschante humeur,

S'il vous voit se peut-il que cela n'embarrasse,
Vn esprit qui dans Rome a la premiere place.

SCENE V.

Le Consul , Ariste.

Le Consul.

Mon fils presentement a receu tout l'honneur ,
Que le iuste Senat deuoit à sa valeur ,
Ne pensez vous pas bien que la ceremonie ,
Depuis tout ce temps là deuroit estre finie ,
Allez donc le trouuer ie voudrois fort le voir.

Ariste sort & va querir Manlius.

Le Consul continuë.

Helas ! il est party & ie n'ay plus despoir,
Ie cherche à voir mon fils son abord me soucie,
Que feray-ie à present faut-il que ie m'enfuye?
Honneur, nature, amour que puis-je deuenir,
Puis-ie l'attendre icy pour le faire punir ,
Puis-ie considerer la dignité supreme ,
Si ie la dois garder aux despens de moy mesme,
Ie suis, si ie conserue encor le Consulat ,
Bourgeois trop indulgent ou pere trop ingrat ;
La nature s'oppose aux biens de la patrie,
Pour quel des deux partis faut il que ie mescrie ;
Mais d'ou viet ma foiblesse, & quoy suis-ie, d'accord,
Auec mes ennemis pour en craindre la mort,
Manlius il est vray a gaigné la victoire ;   (gloire,
Mais quand c'est sans nostre ordre on ternit nostre

H iij

De pareils procedés inspirent aux esprits
De la force des Loix vn eternel mespris,
La pesanteur du ioug aux Romains est bien rude,
Entr'eux on ne voit point de belle seruitude,
Et ils ne voudroient plus reconnoistre en ces lieux,
Pour Consul que l'éspée, & pour chef que les vieux,
Mais brisons là dessus, le criminel arriue.

　　　Manlius entre auec *Ariste*, & *Le Preuost*,
　　　　vient aussi à part.

　　　　Le Consul continuë.

Mon fils, en peu de mots ma douleur est bien viue :
Mais i'en suis peu le maistre, & sans plus discourir,
Ie vous dis à regret que vous deuez mourir,
L'Arrest en est donné, cette grande tempeste
Retiendra les guerriers qui font tout de leur teste.

　　　　　Manlius.

Moy, Seigneur, qu'ay ie fait ?

　　　　　Le Consul.
　　　　Vn cruel attentat,
Contre l'authorité de l'Auguste Senat.
　　　　Manlius.
I'ay combattu.

　　　　　Le Consul.
　　　Sans ordre.
　　　　Manlius.
　　　　　Et i'ay vaincu.
　　Le Consul.
　　　　　N'importe.

Manlius.

Maintenons, maintenons, toufiours vne ame forte ;
Mais auant que d'entrer dedans le monument,
Pourray-ie entretenir Sulpicie vn moment ?

Le Conful.

Cela ne fert à rien.

Manlius.

Mais pour le moins efcrire.

Le Conful.

Bien fi vous le voulez, qu'auez vous à luy dire,

*Manlius écrit , & donne à Arifte ce qu'il
écrit.*

Manlius.

Ie n'ay rien à mander contre le bien commun ,
Adieu, Seigneur, adieu, Ie crains d'eftre importun.

Manlius s'en va, & Le Prepoft.

Le Conful.

Helas ! fans plus tarder qu'on luy tranche la tefte.

Le Prepoft en fortant.

A vous bien obeïr ma main eft toute prefte.

SCENE VI.

Sulpicie, Sabine, Ariste.

Sulpicie.

Tu m'as fceu iufqu'icy tant de fois obliger
Que ie ne pourray plus iamais me dégager,
Ma Sabine c'eft toy de qui l'efprit manie
Adroitement celuy de l'eftrange Liuie ;
Toy feule as pû regler fes premiers mouuemens,
Et faire en ma faueur de fi grands changemens.

Sabine.

I'ay fait ce que i'ay peu pour vous rendre feruice,
Par fois ie ne l'ay pû fans beaucoup de malice ;
Auec les gens de Cour faut auoir l'efprit fin,
Et faut fouuent rufer pour venir à fa fin :
L'on ne s'épargne point, l'on met tout en vfage,
Et chaque iour on fait bien plus d'vn perfonnage :
Quand on pourfuit, l'on eft dans le nombre des fous,
Quand on a reüffi, l'on eft loüé de tous.

Ariste eft apperceu qui pleure.

Sabine continuë.

Mais Arifte s'approche, & fa trifte prunelle
Marque qu'il eft porteur de mefchante nouuelle,
Le pauure enfant qui fut toufiours officieux
Effuye encor les pleurs qui luy tombent des yeux :

Qu'il

Qu'il eſt changé!

Sulpicie.

Sa playe eſt ſans doute profonde.

Ariſte.

Manlius,

Sulpicie.

Continuë.

Ariſte.

Helas!

Sulpicie.

Dis donc,

Ariſte.

N'eſt plus au monde.

Sulpicie s'éuanoüit.

Sabine.

Ariſte, au nom des Dieux qu'on me donne de l'eau
Ie croy qu'elle eſt deſia dans le meſme tombeau.

Sulpicie reuient,

Et continuë.

I

l'ay pensé cher Amant aller ioindre ton ame;
Mais i'iray dedans peu.

Ariste.

Songez à vous, Madame.

Sulpicie.

Mais dis-moy quelle fut la cause de sa mort?

Ariste donne vn billet à *Sulpicie,*

Et continuë.

En lisant ce billet, vous sçaurez s'il eut tort.

STANCES DE MANLIVS.

Mourant aimable Sulpicie
Ie n'ay pû vous faire ma Cour
Celuy qui m'a donné le iour
Par vne rigueur infinie
Me l'oste au printemps de ma vie;
Mais il n'oste pas mon amour.

Vous aurez de la peine à croire,
Qu'on vienne de changer mon sort,
Pour auoir vn peu trop de gloire,
Et que mon pere soit d'accord,
De recompenser ma victoire,
Par l'Arrest sanglant de ma mort.

Ie n'ay plus d'espoir que ma flame,
Qui vient tousiours m'entretenir,
Ie suis seur de la maintenir,
Quand on viendra couper ma trame,
Et mourant sans doute mon ame,
En gardera le souuenir.

Ariste.

Apres ces mots escrits vne main toute preste,
Emmena ce beau corps pour en trancher la teste,
Mille petits Rameaux ont poussé dans les airs,
Ce sang qui fut l'Autheur de mille exploits diuers.

Sulpicie.

Pere dénaturé tyran de qui la rage,
Passe l'instinct cruel du Panthere sauuage ;
Quand chacun est charmé des vertus de ton fils,
Tu viens te declarer chef de ses ennemis,   (uares,
Quand les Dieux dans leurs biens autát prudens qu'a-
Ont protegé son sang contre des mains barbares,
Sans égard de leur choix, sans sujet, sans raison,
Tu viens de l'épancher dans ta propre maison,
Ta faute asseurement des Dieux sera punie ;
Ils ont pour les meschans vne peine infinie,
Et tu brasses contr'eux vn plus noir attentat ;
Que celuy que tu feins qui regarde l'Etat,
Le merite d'vn fils dont la vie est si belle,
Ne conuenoit pas bien à ton humeur cruelle,

I ij

Il n'eſtoit point ſon fils ſa nourrice au berceau,
Le changea pour le ſien. Il s'en fait le bourreau :
Parce qu'il n'eſtoit pas comme luy ſanguinaire,
L'honneſteté du fils fut la honte du Pere ;
Auſſi dés fort long-temps il forma ce deſſein ;
Mais il ne pouuoit pas eſtre ſon aſſaſſin,
Sans mettre en ſon party la force Conſulaire,
Il euſt eu à combattre vn trop fort aduerſaire ;
Mais pour que ſon forfait ait bien plus de couleur,
Il nous vient obiecter quel ſeroit le malheur,
De n'auoir pas pour chef vn Conſul bien ſeuere ;
Puiſque par vanité ce tiltre te doit plaire,
Ie vais ſolliciter Minos & Radamant,
De te vouloir punir du meſme Iugement,
Ie veux bien partager cette meſme auanture ;
Pour des ombres chercher cette demeure obſcure,
Et ie ſuis trop heureuſe en ce dernier mal-heur,
De joindre mon Amant par ma forte douleur.

Elle tombe morte dans ſa chaiſe.

Sabine.

O dieux.

Ariſte.

Helas !

Liuie vient auec le Page, & dit.

Quels cris ont frappé mes oreilles ?

Sabine.

On n'a point veu encor d'auantures pareilles :

Madame, au nom des Dieux ne vous tourmentez pas.

Linie.

Ma niepce n'eft plus, & ie voy fon trépas
Efcrit fur fon vifage.

Sabine.

Il n'eft plus de remede
Pour animer du corps toute la maffe froide:
Il n'eft plus animé, & n'a plus de chaleur.

Linie.

La caufe de fa mort.

Sabine

La trop grande douleur
De perdre fon Amant.

Linie.

O conftance admirable!
Qu'on emporte fon corps, ie fuis inconfolable.

F I N.

PRIVILEGE DV ROY.

LOVIS PAR LA GRACE DE Dieu, Roy de France & de Nauarre; A nos amez & feaux Conseillers les gens tenans nos Cours de Parlement, Maistres des Réquestes ordinaires de nostre Hostel, Baillifs, Seneschaux, Preuosts leurs Lieutenans, & à tous autres nos Iusticiers & Officiers qu'il appartiendra. Salut : nostre cher & bien aimé *le Sieur Faure*, nous a fait remonstrer qu'il a composé vne Tragedie intitulée *Manlius Torquatus*, laquelle il desireroit donner au Public, ce qu'il ne peut faire sans nostre permission : C'est pourquoy il nous a tres-humblement supplié luy accorder nos Lettres sur ce necessaires, A CES CAVSES, desirant bien & fauorablement traitter ledit sieur Exposant, nous luy auons permis & permettons par ces presentes, de faire imprimer, vendre & debiter ladite piece de Theatre intitulée *Manlius Torquatus*, en tel volume, caractere, & par tel Libraire & Imprimeur que bon luy semblera pendant le temps & espace de cinq années, à commencer du iour & datte que ladite Tragedie sera acheuée d'imprimer pour la premiere fois : Faisant tres expresses inhibitions & deffenses à toutes personnes de quelques qualité & conditions qu'elles soient d'imprimer ou faire imprimer, vendre & debiter, ou contrefaire ladite piece sans la permission & consentement dudit sieur Exposant, ou de ceux qui auront droict de luy, à peine de deux mil liures d'amande, & de tous dépens, dommages & interests, & de confiscation des Exemplaire, à la charge toutesfois qu'il *en fera mis deux Exemplaire en noftre Bibliotheque Publique*, vn *dans noftre Cabinet du Chafteau du Louure*, Et vn en celle de noftre tres cher & feal *le fieur Seguier, Chenalier Chancelier de France*, auant que de l'expofer en vente, fuiuant noftre Reglement, comme auffi à faute de rapporter és mains de noftre amé & feal *Confeiller en nos Confeils, grand Audiencier de France de prefent en quartier*, vn recepiffé de noftre Bibliothequaire, *& du fieur Cramoify, commis par noftredit Chancelier*, à la deliurance actuelle defdite Exemplaire, Nous auons dés à prefent declaré ladite permiffion d'imprimer nulle, & auons enjoint aux Scindicqs des Libraires de faire faifir tous les Exemplaires qui auront efté imprimez fans auoir fatisfait aux claufes portées par ces prefentes. SI VOVS MANDONS que de ces prefentes vous ayez à faire ioüir ledit fieur Expofant, ou ceux qui auront droict de luy, pleinement & paifiblement : contraignans tous ceux qu'il appartiendra par toutes voyes deuës & raifonnables ; Commandons à noftre premier Huiffier ou Sergent fur ce requis, faire pour l'execution d'icelles tous Actes & Exploits requis & neceffaires, fans pour ce demander autre permiffion, vifa ny pareatis : De ce faire te donnons pouuoir ; CAR TEL EST NOSTRE PLAISIR. Donné à Paris le vingt-deuxiéme iour d'Avril l'an de grace mil fix cens foixante deux, & de noftre regne le dix-neuf. Signé, par le Roy en fon Confeil, BOVCHARD.

Regiftré fur le Liure de la Communauté des Libraires & Imprimeurs, Le 2. May 1662. fuiuant l'Arreft du Parlement du 8. Avril mil fix cens cinquante trois. Signé, DVBRAY Syndic.

Acheué d'imprimer pour la premiere fois, le 2. May 166...

Les Exemplaires ont efté fournis.

BIBLIOTHEQUE DE L'ARSENAL

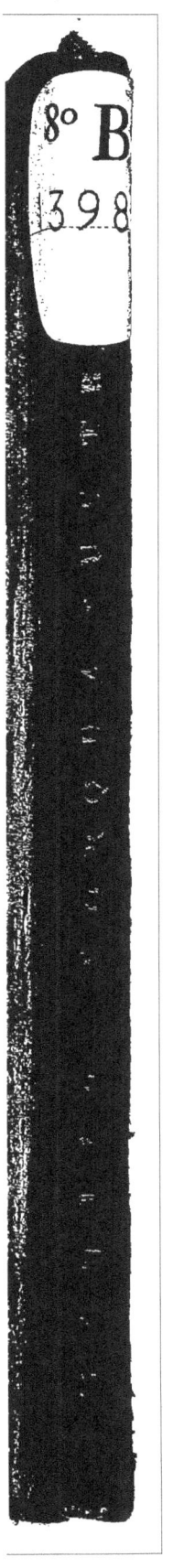

www.ingramcontent.com/pod-product-compliance
Lightning Source LLC
Chambersburg PA
CBHW070809260626
47161CB00006B/2215